Mano descobre
A LIBERDADE

Esta edição possui os mesmos textos ficcionais da edição anterior,
publicada pela editora SENAC São Paulo.

Mano descobre a liberdade

Gerente editorial Claudia Morales
Editor Fabricio Waltrick
Editora assistente Thaíse Costa Macêdo
Diagramadora Thatiana Kalaes
Estagiária (texto) Raquel Nakasone
Assessoria técnica Dr. Paulo V. Bloise
Preparadora Lilian Jenkino
Coordenadora de revisão Ivany Picasso Batista
Revisoras Cátia de Almeida, Ivone P. B. Groenitz e Kátia Miaciro
Projeto gráfico Silvia Ribeiro
Assistente de design Marilisa von Schmaedel
Coordenadora de arte Soraia Scarpa
Editoração eletrônica Iris Polachini

CIP-BRASIL. CATALOGAÇÃO NA FONTE
SINDICATO NACIONAL DOS EDITORES DE LIVROS, RJ

P949m
4.ed.

Prieto, Heloisa, 1954-
Mano descobre a liberdade / Heloisa Prieto, Gilberto Dimenstein; ilustrações Maria Eugênia. - 4.ed. - São Paulo : Ática, 2011.
48p. : il. - (Mano : cidadão-aprendiz)

ISBN 978-85-08-14792-2

1. Literatura infantojuvenil brasileira. I. Dimenstein, Gilberto, 1956-. II. Eugênia, Maria, 1963-. III. Título. IV. Série.

11-3731.   CDD: 028.5
CDU: 087.5

ISBN 978 85 08 14792-2
Código da obra CL 738045
CAE: 264462 - AL

2022
4ª edição | 7ª impressão
Impressão e acabamento: Vox Gráfica

Avenida das Nações Unidas, 7221
Pinheiros – São Paulo – SP – CEP 05425-902
Atendimento ao cliente: (0xx11) 4003-3061
atendimento@aticascipione.com.br
www.aticascipione.com.br

Mano descobre a liberdade

Heloisa Prieto
Gilberto Dimenstein

Ilustrações: Maria Eugênia

editora ática

MOBY PLAY
Beatles

Domingo ✷ 23 horas

Eu sempre achei ridículo esse negócio de escrever diário. Coisa de menina. Agendinha cor-de-rosa, desenho de coração, depois uma chave pra trancar os segredos.

Eu sempre achei segredo coisa de menina. Perda de tempo. Tipo quem gosta de quem, quem falou mal de quem, quem brigou com quem. No final, vira tudo fofoca porque uma sempre conta das outras e aí espalha que nem pólvora. E, no final mesmo, ficam amigas de novo. Rindo dos segredinhos. Cara, é palhaçada.

Até que um dia eu percebi que a vida é cheia de mistérios. Sabe como é? As aparências enganam, nada é o que parece ser, como diz minha tia-avó espanhola.

Bom, e quando eu descobri o maior de todos os segredos aqui, na minha própria casa, fiquei tão pirado que resolvi escrever. Fui pra tela do computador. De repente, me deu o maior medo. Aqui em casa todo mundo usa o mesmo computador. E se alguém lesse meus textos secretos? Ninguém desconfia que eu sei de tudo. Tudo do começo ao fim.

Resultado: lá fui eu, Hermano Santiago, mais conhecido como Mano, filho do meio da família mais doida da rua, comprar uma agenda de chavinha. Dei sorte. Encontrei uma agenda marrom, era bem cara, mas tinha

chave. Depois foi só descobrir um bom esconderijo. Porque aqui em casa, a Shirley, nossa empregada, é deus. Ou melhor, deusa. Ela sempre sabe de tudo. É a criatura mais esperta e danada que conheço. Difícil ter segredos com ela.

Bem, encontrei uma caixa de jogos de quando eu era bem pequeno, escondi lá o diário, a chave anda na minha carteira, ninguém vai mexer.

Mas espera, vou começar do começo.

Foi no domingo passado. A casa estava lotada de gente, pra variar. Minha mãe servia um lanche. Tinha amiguinhas da Natália, minha irmã caçula, falando que nem papagaio, amigas da minha mãe, contando problemas sem parar. É que minha mãe é psicóloga. Todo mundo pede conselhos pra ela.

De repente, toca a campainha. Chega a Fátima, a melhor amiga da minha mãe, a única que sabe ficar um pouco quieta. Eu gosto dela. Ela tem um olhar diferente. Parece que adivinha o que a gente está pensando. Bom, meu avô Hermano entra na sala. Olha com cara de bravo. Ele detesta agito. Senta na cadeira preferida. Abre o jornal e suspira irritado. Fátima o cumprimenta. O cara derrete. Maior sorriso do mundo. Cheguei perto dos dois. A conversa era completamente estranha.

– *Como vai, Fátima* – ele disse –, *ainda em busca do tempo perdido?*

– *E como vão as notícias da cidade, Hermano? A vila está ficando mais alegre?*

Entrei no meio do assunto.

– *Que tempo perdido é esse, Fátima?*

Ela riu e não respondeu nada. Típico.

– *Você já ouviu falar de* **Proust***, meu neto?*

– *Eu não.*

– *Essa educação moderna... bem, Pimentinha* (meu avô cisma de me chamar de **Gandhi** Pimentinha), *Proust foi um dos maiores escritores de todos os tempos.*

– *Mano, querido, Proust escrevia sobre a memória. Na vida de uma pessoa há acontecimentos que marcam para sempre. Agora, responda rápido, Mano, quantos tempos existem?* – disse Fátima, os olhos dela brilhavam como se estivesse me chamando pra luta.

– *É fácil* – respondi. – *Passado, presente, futuro.*

– *Errado. Existe também o tempo da memória. Coisas que aconteceram há muito tempo, parecem que ocorreram ontem. Outras, a gente esquece num minuto.*

– Existe, lógico, o tempo perdido – disse meu avô.

– Não entendi nada – eu disse.

– Ah, deixa pra lá, Fátima, perda de tempo é tentar explicar pra essa moçada de hoje como é que funciona a mente.

– Chega, vocês dois estão completamente loucos.

– Está vendo só, Fátima? Meu neto precisa estudar um pouco de filosofia e ler os grandes mestres da literatura. Hoje em dia a garotada nem sabe mais pensar...

Eles riam felizes. E, pela primeira vez, eu reparei nisso. Meu avô é muito bravo, não tem paciência com ninguém. Muito menos com amiga de minha mãe, sempre com conversa de ex-marido, problemas no trabalho, meu avô tem horror dessas coisas. Mas com a Fátima... era como se eles soubessem de coisas secretas. Como se eles se conhecessem há muito tempo. Eles se adoram. Como é que pode?

Meu avô levantou-se da cadeira e deixou o jornal cair no chão. Reparei que ele tinha marcado uma notícia.

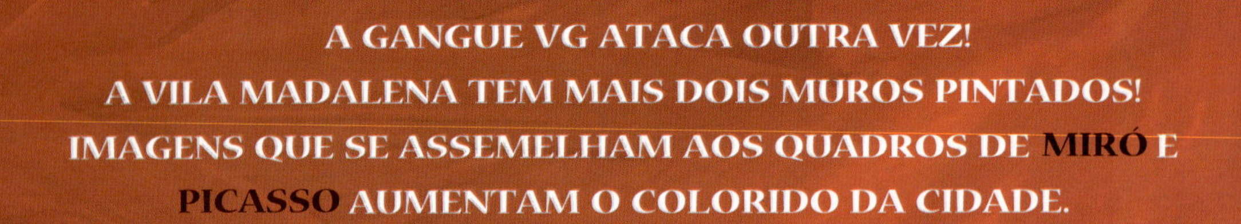

A GANGUE VG ATACA OUTRA VEZ!
A VILA MADALENA TEM MAIS DOIS MUROS PINTADOS!
IMAGENS QUE SE ASSEMELHAM AOS QUADROS DE MIRÓ E
PICASSO AUMENTAM O COLORIDO DA CIDADE.

AUMENTAM TAMBÉM AS SUSPEITAS DE QUE O
GRUPO SEJA LIDERADO POR UM JOVEM DESCENDENTE DE
ESPANHÓIS, JÁ QUE AS REPRODUÇÕES SÃO
PRATICAMENTE PERFEITAS.

A POLÊMICA CRESCE A CADA DIA!
GRAFITE É ARTE OU CONTRAVENÇÃO?

Que história maluca! Desde quando meu avô se interessa por grafiteiros? E essa amizade com a Fátima? Vem de onde? E essa conversa de tempo perdido? O que será que eles estão escondendo de mim? Da família?

Segunda-feira ✷ 22 horas

Hoje foi um dos dias mais loucos da minha vida.

De manhã, escola.

Eu gosto muito da minha professora de artes. Parece patético dizer isso com 13 anos de idade, mas é verdade. Eu gosto tanto dela que fico mudo a aula inteira. Seu nome é Anísia. Ela é muito bonita, de um jeito diferente da minha mãe. A pele é negra, lisa e forte. Desde a primeira aula Anísia reparou em mim. Nos desenhos que eu rabisquei no caderno. Disse que eu tenho jeito pra fazer caricaturas, quadrinhos, que eu tenho muito humor. Fiquei tão feliz que nunca mais consegui conversar com ela. Mas quando ela pede pra gente trabalhar, eu dou o sangue. Agora estou gostando de fazer esculturas.

Bem, a Anísia é completamente diferente de outras professoras da escola. Cada aula é uma surpresa. E hoje o assunto na classe era a gangue VG.

Muita gente queria saber por que os caras eram cismados com o tal do Picasso. Anísia sorriu. Ela nunca responde nada direto. Ela fala sempre de um jeito que faz a gente ficar pensando.

"Sabe o quê?", ela disse, "essa é uma boa ideia, por que vocês não fazem uma pesquisa sobre esses artistas e depois apresentam pra classe?"

"Puxa, Anísia, assim não vale, a gente só está com um pouco de curiosidade", disse o Marquinho.

"Tudo bem, vou contar um pouquinho dessa história. Picasso é um dos maiores artistas da pintura mundial, vocês sabem, mas ele também foi um grande defensor da paz."

Daí ela mostrou um quadro dele, a pomba, usada como símbolo mundial da paz.

Depois contou assim:

"Em 1937, uma cidade chamada Guernica, na Espanha, foi destruída por bombardeios. Picasso odiava a guerra, então pintou a cena da destruição. Seu quadro se tornou o símbolo da dor e da morte. Ou seja, o mesmo artista foi capaz de criar a mais perfeita imagem da paz e a mais dolorosa imagem da guerra. Quando o embaixador de **Hitler** em Paris foi visitar Picasso, dizem que ele apontou para o quadro e perguntou assim: 'Foi o senhor quem fez isso?' e Picasso respondeu com simplicidade: 'Não, foi o senhor mesmo'."

Bom, depois dessa, todo mundo adorou o Picasso, a gente queria ver fotos dele e tudo mais. Anísia nos mostrou algumas. No meio da conversa, alguém disse lá do fundo da classe: "Ainda bem que no Brasil nunca teve guerra. Aqui sempre reinou a paz".

Foi estranho. Anísia ficou um tempão calada e depois disse: "Não é bem assim. Antes fosse. Mas existem vários tipos de guerra. No Brasil houve guerras secretas, lutas mortais pela defesa da liberdade de expressão. E nem faz tanto tempo".

De novo, todo mundo começou a falar sem parar.

Que história de guerra era essa? Como é que ninguém sabia?

Então a Anísia disse que a gente podia fazer uma pesquisa sobre qualquer desses assuntos: Picasso, **guerra mundial**, luta pela liberdade de expressão, mas ela queria, em todos os trabalhos, que usássemos muitas fotos e imagens.

Ela mandou a gente procurar fotos de família. Fotos antigas, fotos modernas, depois montá-las como se fossem um pequeno documentário. O importante era trabalhar sempre com fatos reais, com o passado das pessoas.

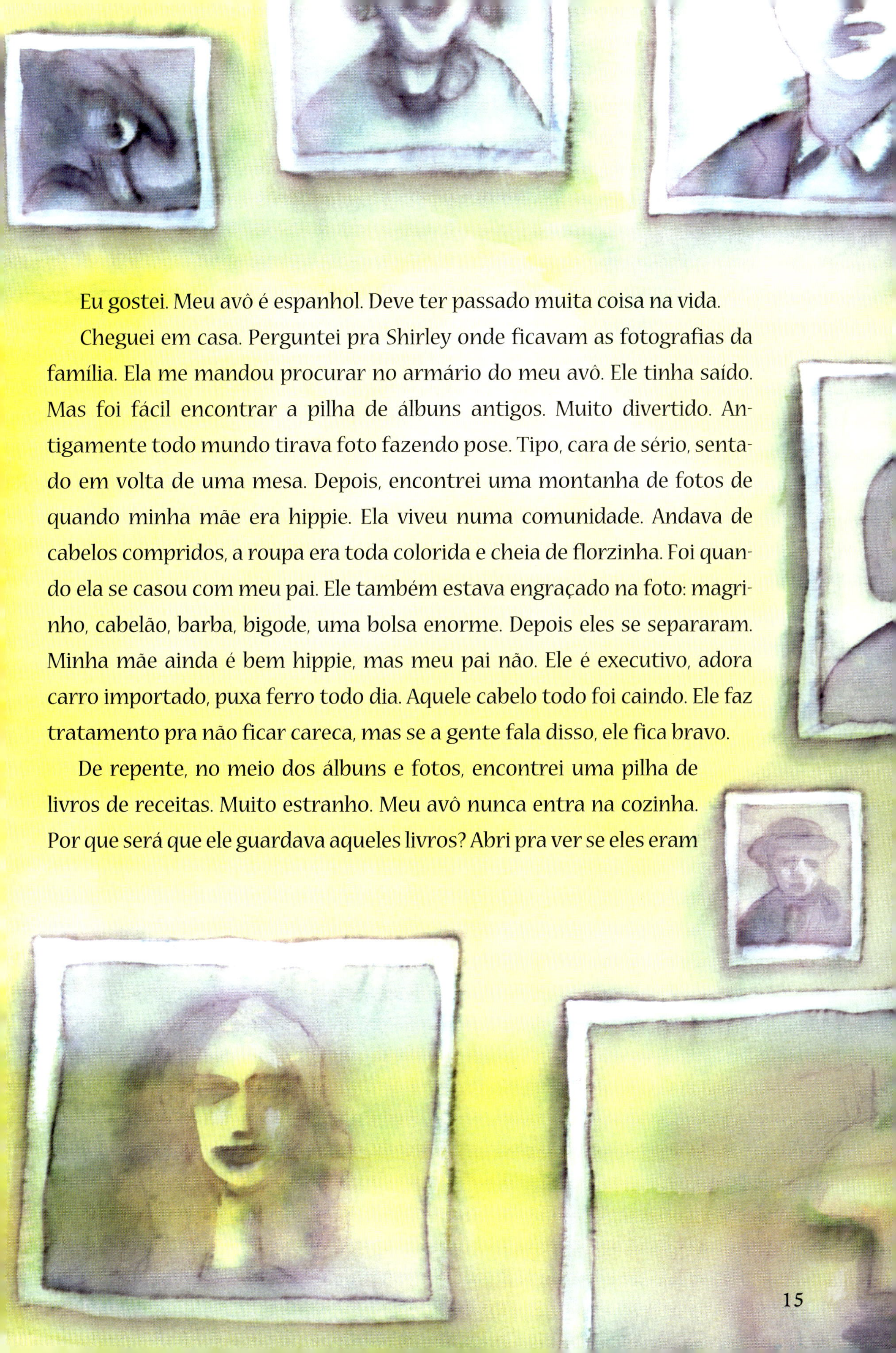

Eu gostei. Meu avô é espanhol. Deve ter passado muita coisa na vida.

Cheguei em casa. Perguntei pra Shirley onde ficavam as fotografias da família. Ela me mandou procurar no armário do meu avô. Ele tinha saído. Mas foi fácil encontrar a pilha de álbuns antigos. Muito divertido. Antigamente todo mundo tirava foto fazendo pose. Tipo, cara de sério, sentado em volta de uma mesa. Depois, encontrei uma montanha de fotos de quando minha mãe era hippie. Ela viveu numa comunidade. Andava de cabelos compridos, a roupa era toda colorida e cheia de florzinha. Foi quando ela se casou com meu pai. Ele também estava engraçado na foto: magrinho, cabelão, barba, bigode, uma bolsa enorme. Depois eles se separaram. Minha mãe ainda é bem hippie, mas meu pai não. Ele é executivo, adora carro importado, puxa ferro todo dia. Aquele cabelo todo foi caindo. Ele faz tratamento pra não ficar careca, mas se a gente fala disso, ele fica bravo.

De repente, no meio dos álbuns e fotos, encontrei uma pilha de livros de receitas. Muito estranho. Meu avô nunca entra na cozinha. Por que será que ele guardava aqueles livros? Abri pra ver se eles eram da minha mãe e estavam ali por engano. Nada disso. Os livros eram dele. Que coisa mais esquisita. Fiquei folheando pra ver se descobria o que estava acontecendo. E encontrei várias receitas marcadas como se tivessem sido usadas por ele. Meu avô não sabe nem fazer cafezinho. Quando a Shirley está de folga e minha mãe sai pra passear com o Caetano, o namorado dela, meu avô nos leva pra comer fora.

Foi então que, no meio do livro de receitas, encontrei uma coisa ainda mais misteriosa: um monte de recortes sobre a gangue VG. Mas o que meu avô tem a ver com isso tudo? Bem, do Picasso eu sei que ele gosta, do Miró também. Mas até aí...

De repente, fiquei com medo dele. Meu avô odeia bagunça. Guardei tudo e corri para o quarto do Pedro. Ele é meu irmão mais velho. Eu e o Pedro já brigamos muito na vida, mas agora somos amigos. Ele tem uma namorada que é o máximo, a Anna.

Bom, quando entrei pra contar dessas coisas que estavam me deixando com a pulga atrás da orelha, encontrei o Pedro e a Anna no maior namoro. Fui embora, claro.

Pensei na Shirley. Ela sempre sabe de tudo. Mas estava na hora da novela. E a Shirley me mata se eu atrapalhar.

Se a Carolina estivesse no Brasil eu corria pra casa dela. Carolina é minha melhor amiga. Um não tem segredo para o outro. A gente se conheceu na internet. Ela é a melhor conselheira do mundo. Quando a gente conversa, eu acalmo na hora. O problema é que a Cacá viajou com os pais. Só volta daqui a um mês.

Eu estava quase telefonando pra minha mãe no consultório, estava me dando muita agonia, quando tocou o interfone. Shirley atendeu. Vi a cara dela ficar muito esquisita.

– *Tem um investigador da polícia aí fora. Onde está o Pedro?*

– *Está no quarto* – respondi.

Eu sabia o que a Shirley estava pensando. No ano passado, Pedro ficou amigo de um cara muito nojento chamado Sombra e, naquela época, ele se meteu em várias enrascadas. Mas agora era diferente. Pedro anda muito feliz e tranquilo. O que será que a polícia queria?

Shirley abriu a porta.

Dois investigadores com caderninhos na mão. Dois dedos apontados pra mim.

– *Que idade tem o garoto?* – perguntaram.

– *Treze anos* – respondeu a Shirley. – *Os senhores não acham melhor tomar um cafezinho e conversar com calma?*

– *Tudo bem* – responderam.

Depois do café, que a Shirley faz e todo mundo adora, os caras perguntaram assim:

– *A família descende de espanhóis?*

– *É* – respondeu a Shirley, com cuidado.

– *Estamos investigando a gangue VG.*

– *E daí?* – quis saber a Shirley.

– *E daí que suspeitamos que ela seja composta por descendentes de espanhóis. Como você, garoto. Por acaso você desenha bem? Gosta de Miró e Picasso?*

Fiquei mudo, calado, o gato engoliu minha língua.

– *Escutem bem, senhores, isso aqui é casa de boa família. Com muita coisa pra fazer* – disse a Shirley começando a ficar brava.

– *É que encontramos uma pilha de sprays vazios no lixo desse prédio. Isso levanta suspeitas, lógico. E vocês têm um sobrenome espanhol. Como é seu nome, menino?*

– *Hermano* – respondi.

– *Você está na mira, garoto, acho melhor tomar cuidado!*

Quando a Shirley fecha o tempo, os olhos dela soltam fumaça. Dá medo.

– O senhor está assustando o meu menino – ela disse, de mão na cintura – *e esse negócio de lixo é tudo bobagem, não é prova de coisa nenhuma.*

– Bem, o cafezinho estava ótimo... – disse um deles, levantando.

– Melhor a gente voltar quando toda a família estiver em casa – completou o outro.

Quando os caras saíram, Shirley foi pra cozinha batendo a porta de nervoso e meu coração batia tão rápido que achei que fosse estourar.

Terça-feira ✷ 23 horas

Bem, terceiro dia fora do normal. Encontro Anísia na escola.

– Mano, eu não sabia que você tinha um avô tão famoso – diz ela.

– Como assim? – pergunto.

– Eu vi as fotos que você trouxe de sua família. Hermano Santiago de la Mancha é seu avô. Ele lutou contra a ***ditadura****.*

– Ditadura?

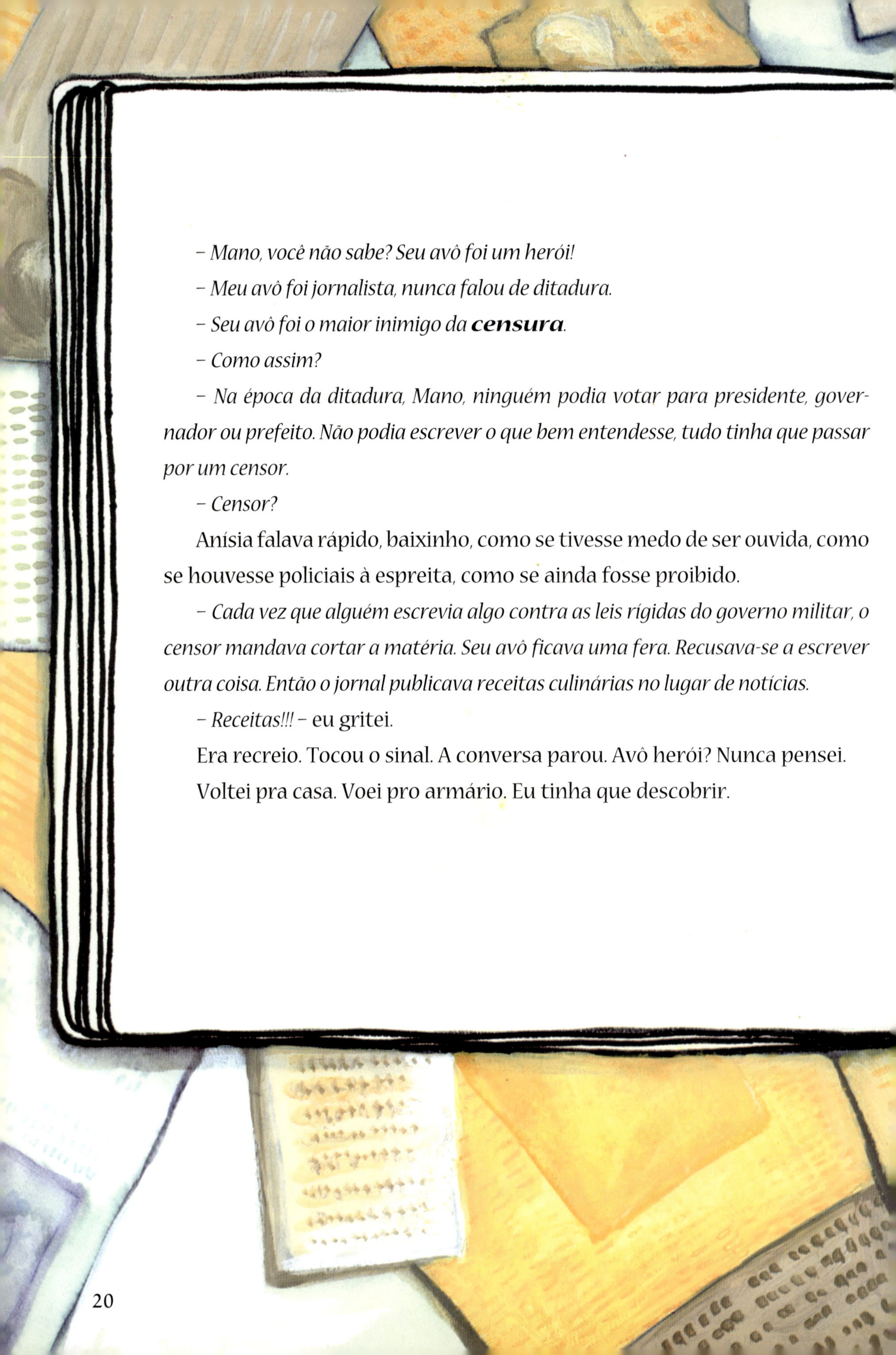

– Mano, você não sabe? Seu avô foi um herói!

– Meu avô foi jornalista, nunca falou de ditadura.

– Seu avô foi o maior inimigo da **censura**.

– Como assim?

– Na época da ditadura, Mano, ninguém podia votar para presidente, governador ou prefeito. Não podia escrever o que bem entendesse, tudo tinha que passar por um censor.

– Censor?

Anísia falava rápido, baixinho, como se tivesse medo de ser ouvida, como se houvesse policiais à espreita, como se ainda fosse proibido.

– Cada vez que alguém escrevia algo contra as leis rígidas do governo militar, o censor mandava cortar a matéria. Seu avô ficava uma fera. Recusava-se a escrever outra coisa. Então o jornal publicava receitas culinárias no lugar de notícias.

– Receitas!!! – eu gritei.

Era recreio. Tocou o sinal. A conversa parou. Avô herói? Nunca pensei.

Voltei pra casa. Voei pro armário. Eu tinha que descobrir.

No começo só encontrei as fotos de antes. Mas, quando estava quase desistindo, vi uma caixa de sapatos muito antiga. Estranho. Meu avô não gosta de guardar nada antigo. Será que ela escondia segredos?

Abri a caixa.

Surpresa!

Muitos artigos de jornal. Sobre o quê?

A falta de liberdade de expressão. Censura.

De repente, no meio dos artigos, receitas de culinária. Sem assinatura. O que que é isso? Por que ninguém nunca me contou nada?

Mais fotos.

Meu avô bem jovem, magrinho, magrinho, em fotos de jornal.

PRESOS POLÍTICOS DEIXAM A PRISÃO!
CHEGOU O TEMPO DA LIBERDADE!

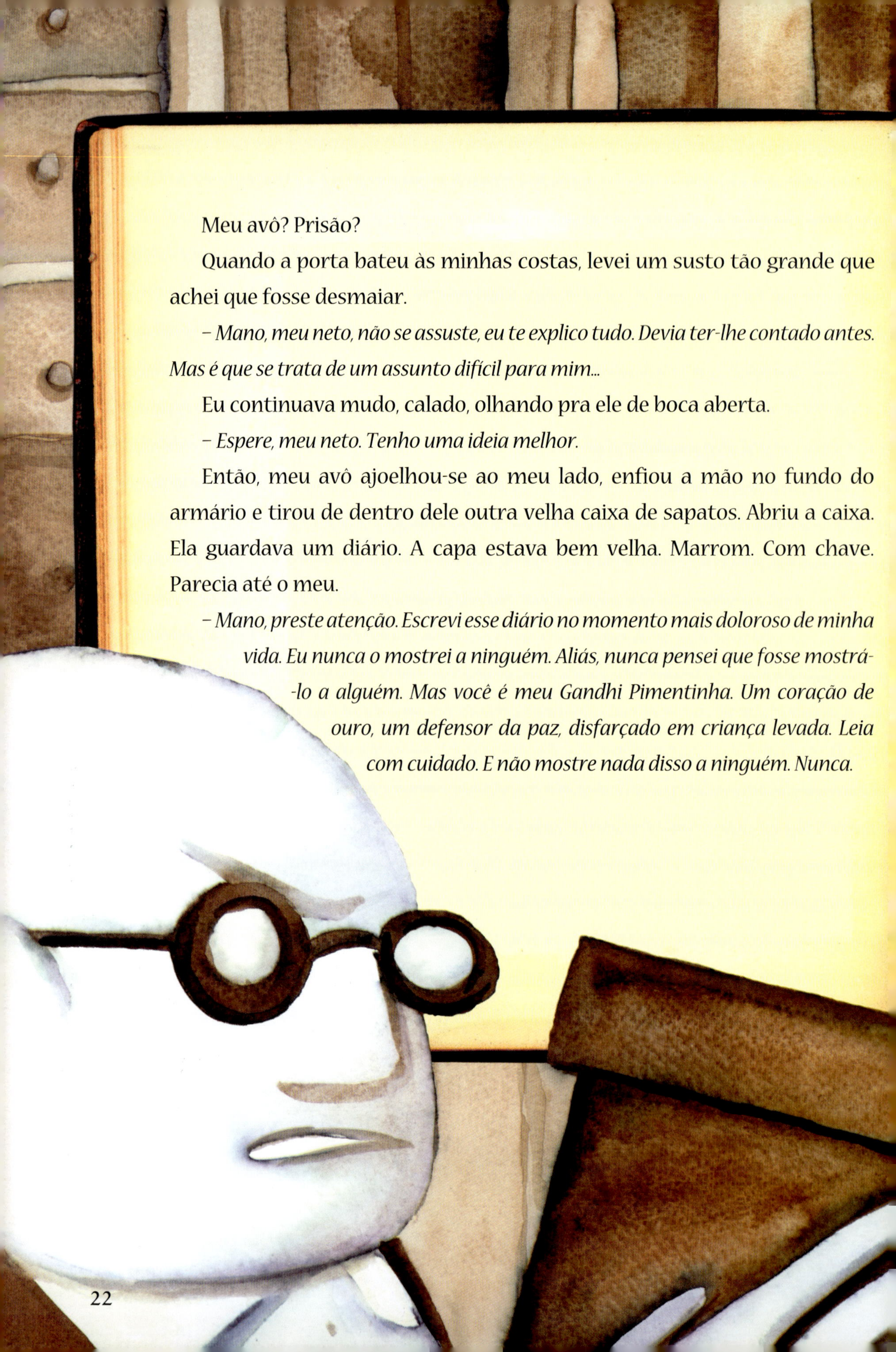

Meu avô? Prisão?

Quando a porta bateu às minhas costas, levei um susto tão grande que achei que fosse desmaiar.

– Mano, meu neto, não se assuste, eu te explico tudo. Devia ter-lhe contado antes. Mas é que se trata de um assunto difícil para mim...

Eu continuava mudo, calado, olhando pra ele de boca aberta.

– Espere, meu neto. Tenho uma ideia melhor.

Então, meu avô ajoelhou-se ao meu lado, enfiou a mão no fundo do armário e tirou de dentro dele outra velha caixa de sapatos. Abriu a caixa. Ela guardava um diário. A capa estava bem velha. Marrom. Com chave. Parecia até o meu.

– Mano, preste atenção. Escrevi esse diário no momento mais doloroso de minha vida. Eu nunca o mostrei a ninguém. Aliás, nunca pensei que fosse mostrá-lo a alguém. Mas você é meu Gandhi Pimentinha. Um coração de ouro, um defensor da paz, disfarçado em criança levada. Leia com cuidado. E não mostre nada disso a ninguém. Nunca.

Quarta-feira ✷ 22 horas

Minha tia-avó espanhola tem toda razão. Total. Nada nunca é o que parece ser. Se não fosse pela Anísia eu nunca ia saber a verdade sobre meu avô. Ninguém ia me contar. Mas, agora que eu sei do que aconteceu, muita coisa começa a fazer sentido. Eu estou que nem cara de filme de mistério, bem naquela hora em que cai a ficha e as cenas vão aparecendo na tela e o detetive vai começando a entender a trama toda. Eu me lembrei do olhar da Fátima, doce e triste, o olhar de quem sabe muito. O jeito nervoso da Anísia na hora de falar do meu avô. Aposto que ela também esteve nessa mesma história.

Bom, vou ter que devolver o diário ao meu avô. E depois, sei lá o que ele vai fazer. Fiquei com a impressão de que ele vai sumir com isso tudo. Pra ver se esquece de uma vez. Acontece que eu adorei o que eu li. Eu queria tanto guardar o diário pra mim. Mas meu avô é o cara mais teimoso do mundo. Nem adianta pedir. Então eu resolvi fazer uma cópia. Da parte que eu mais gostei. Porque eu sei que meu avô não vai viver pra sempre e eu nunca quero esquecer dele.

Caro diário, peço licença, agora entra um pouco de Hermano Santiago de la Mancha, o verdadeiro. Porque meu avô foi mesmo um herói. Tomara que um pouco da coragem dele tenha ficado no meu DNA. E eu nunca descobriria isso, se a Anísia não tivesse mandado a classe toda procurar nos armários da família. A gente pode viver a vida inteira sem nunca saber do passado de alguém. Do passado do país. Nunca ninguém me contou antes que, no Brasil, na minha cidade, na minha rua, gente foi presa porque era contra o governo. Nem que houve um tempo em que as pessoas não podiam escrever o que pensavam, por isso publicavam receitas culinárias como forma de protesto. Mas é verdade. Isso aconteceu. E na minha própria família.

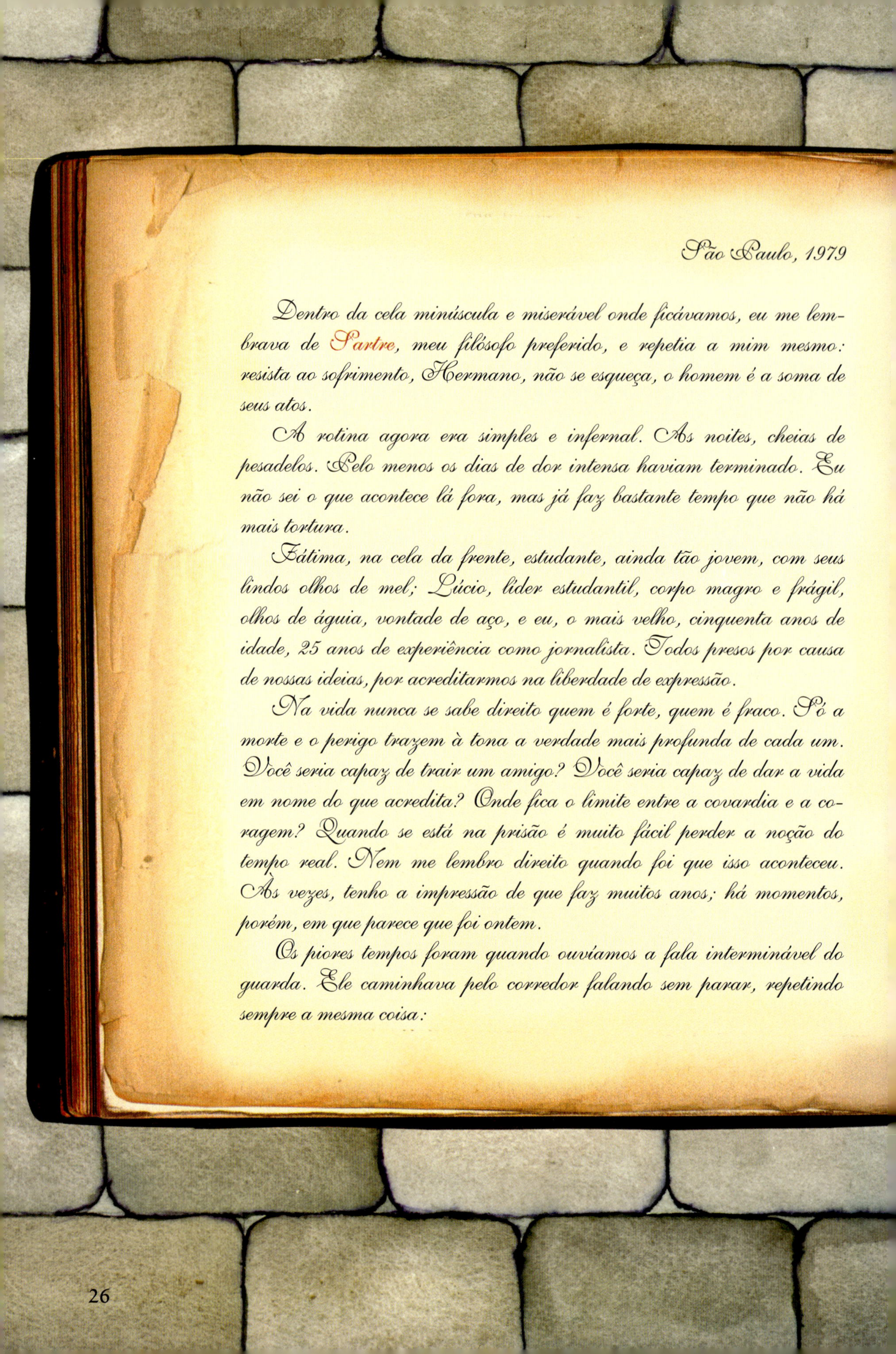

São Paulo, 1979

Dentro da cela minúscula e miserável onde ficávamos, eu me lembrava de Sartre, meu filósofo preferido, e repetia a mim mesmo: resista ao sofrimento, Hermano, não se esqueça, o homem é a soma de seus atos.

A rotina agora era simples e infernal. As noites, cheias de pesadelos. Pelo menos os dias de dor intensa haviam terminado. Eu não sei o que acontece lá fora, mas já faz bastante tempo que não há mais tortura.

Fátima, na cela da frente, estudante, ainda tão jovem, com seus lindos olhos de mel; Lúcio, líder estudantil, corpo magro e frágil, olhos de águia, vontade de aço, e eu, o mais velho, cinquenta anos de idade, 25 anos de experiência como jornalista. Todos presos por causa de nossas ideias, por acreditarmos na liberdade de expressão.

Na vida nunca se sabe direito quem é forte, quem é fraco. Só a morte e o perigo trazem à tona a verdade mais profunda de cada um. Você seria capaz de trair um amigo? Você seria capaz de dar a vida em nome do que acredita? Onde fica o limite entre a covardia e a coragem? Quando se está na prisão é muito fácil perder a noção do tempo real. Nem me lembro direito quando foi que isso aconteceu. Às vezes, tenho a impressão de que faz muitos anos; há momentos, porém, em que parece que foi ontem.

Os piores tempos foram quando ouvíamos a fala interminável do guarda. Ele caminhava pelo corredor falando sem parar, repetindo sempre a mesma coisa:

"Todo homem tem um ponto vulnerável. O lugar certo que quebrará seu espírito para sempre. Vocês estão em minhas mãos. Eu os obrigarei a dizer toda a verdade. Liberdade de expressão. Que bobagem! Que ilusão! O importante é a ordem. A organização. Todos pensando da mesmíssima maneira. Só assim haverá equilíbrio e harmonia".

Ele repetia essa ladainha durante horas a fio.

E nós resistíamos.

Suave e flexível como Fátima, tão forte em seu silêncio, as lágrimas escorrendo diariamente por seu rosto delicado.

Eu, com ironia, como sempre faço, resistência passiva. Gandhi.

O mais frágil de nós era Lúcio. Um dia ele foi levado para ser interrogado. Nunca descobrimos ao certo o que lhe aconteceu. Só sei que ele ficou mais tempo do que de costume. E, quando voltou, algo havia mudado em seu olhar. Será que eles haviam conseguido quebrar-lhe o espírito, como pretendiam?

Bem, daquele dia em diante, Lúcio começou a ter um comportamento diferente. Sua conversa perdeu o sentido. As mãos tremiam. Ele nos implorava para que sentássemos ao seu lado e ficássemos exatamente no mesmo lugar, horas a fio. Se tentássemos nos afastar, se trocássemos de posição, ele gritava, em pânico.

Com o passar do tempo, Lúcio foi piorando. Falava sozinho, contorcia-se durante o sono. Era como se a dor tivesse se alojado para sempre em seu corpo. Até que, certa madrugada, Lúcio gritava tanto em seus sonhos que acabou enervando um novo guarda. Ele entrou para colocar-lhe uma mordaça. Aquilo era demais. Tentei impedir. O guarda ficou ainda mais irritado. Bateu em minha cabeça com o cassetete. Desmaiei.

Quando dei conta de mim, o corpo inteiro doía, ardia tanto, como se eu estivesse sendo queimado vivo. Perdi novamente os sentidos. Abri os olhos. A dor havia diminuído. Era como se eu pairasse sobre meu próprio corpo. Seria assim morrer? Eu me via lá embaixo, deitado; do sofrimento, restava apenas uma lembrança. Livre, no voo, a vida começava a ter outros significados, outros tamanhos, outra importância. Continuei a subir, deixei a cela, vi a cidade inteira, o mundo, as pessoas. De repente, minhas costas começaram a crescer. Asas gigantescas nasciam de mim. Cinzas caíram das penas enquanto eu voava cada vez mais alto. Teria me transformado num anjo? O céu existe? É assim depois da morte? Meus braços sumiram e meu corpo inteiro se transformou, eu não era um anjo, mas um pássaro: a fênix, a ave que renasce das cinzas.

Abri os olhos. Eu estava vivo. De volta à cela, Lúcio de um lado, Fátima do outro lado do corredor, ela chorava, mas sorria muito também. O que estaria acontecendo?

A porta da cela foi aberta com violência.

Dois guardas declararam:

– O senhor está livre. Ninguém aguenta mais.

– Aguenta o quê? – perguntei ainda atordoado.

– Aquele bando de velhas rezando terço na porta da delegacia.

– Velhas?

– São suas irmãs, doutor, elas estão sem comer há três dias, rezando por sua alma, chorando, gritando, ninguém aguenta mais, o senhor será libertado.

— Não, nada disso, dessa cela eu não saio se meus colegas não forem libertados comigo.

— Tudo bem.

— Tudo bem?

— Sim, senhor, todo mundo pode ir embora daqui. Agora tem a tal da anistia, a gente não pode manter mais ninguém aqui dentro. Estão todos livres, doutor, o senhor, o moço aí e a menina.

Nós nos abraçamos muito, completamente emocionados. Só então pude ver. Na parede da prisão. As asas, a ave, as cinzas e o voo da liberdade, delineados na tinta branca.

— Quem fez esse desenho tão lindo? E como?

— Foi o Lúcio — respondeu Fátima. — O senhor está desacordado há três dias. Ele ficou desesperado. Eu não sabia o que fazer. De repente, arranquei os grampos dos meus cabelos e passei para ele. Então Lúcio ficou feliz e começou a traçar essas imagens. Os guardas deixaram, ele dava menos trabalho assim. O senhor sabe que pássaro é esse?

— Sei, sim, minha filha, sei muito bem. É fênix, o pássaro mítico, símbolo da esperança. Vamos embora daqui, Fátima.

A garota esfregou as mãos. Os pulsos ainda traziam as marcas das algemas usadas durante os interrogatórios.

— Será que as cicatrizes desaparecem com o tempo?

Lúcio adiantou-se, sorriu, o olhar quase como o de antigamente.

— Tudo bem, Fátima. É a cicatriz de sua liberdade. Nós vencemos.

Quinta-feira ✷ 21 horas

– Seu avô lhe contou tudo, não foi?

Era a Fátima. Ela sentou-se na minha cama e sorriu. Sentei do lado dela e, pela primeira vez, reparei nas cicatrizes dos pulsos.

– Ele telefonou para minha casa, pediu que eu viesse aqui, falar com você. Sabe, seu avô é um homem maravilhoso, mas conversar nunca foi seu forte, embora na hora de escrever... Ele achou que você estava quieto e pensativo demais da conta.

– O que aconteceu com o Lúcio na prisão? Por que foi que ele ficou tão esquisito?

Fátima demorou pra falar.

– Porque ele não conseguiu.

– Como assim?

– Ele falou.

– Como? Ele traiu os amigos?

– Ele não conseguiu evitar, é diferente de trair.

– Alguém morreu?

– Ninguém.

– E o Lúcio?

– Ele ficou doente para o resto da vida. Meio louco, sabe. Prisioneiro desse passado. Só fica em paz quando pinta.

– Mas por quê? Ninguém morreu no final!

– Porque ele nunca se perdoou por ter delatado os companheiros. Nesse sentido, o espírito dele se quebrou mesmo, pra sempre.

– Que coisa medonha, Fátima. E você?

– Seu avô e eu sobrevivemos. Ficamos até mais fortes. Quem sobrevive à dor sempre fica mais forte.

– Mas o Lúcio também sobreviveu.

– É diferente, eu acho. Sabe, Mano, a vida é tão estranha. Quando eu era pequena pensava assim: o que é belo é bom. Era tão simples, dividir o mundo entre os do bem e os do mal. Mas daí, conforme eu cresci, fui percebendo que às vezes o belo pode estar oculto no que todos pensam ser feio. Então, eu me lembrei dos contos de fadas que eu adorava, pensei no príncipe de A Bela e a Fera*, no coração tão bonito*

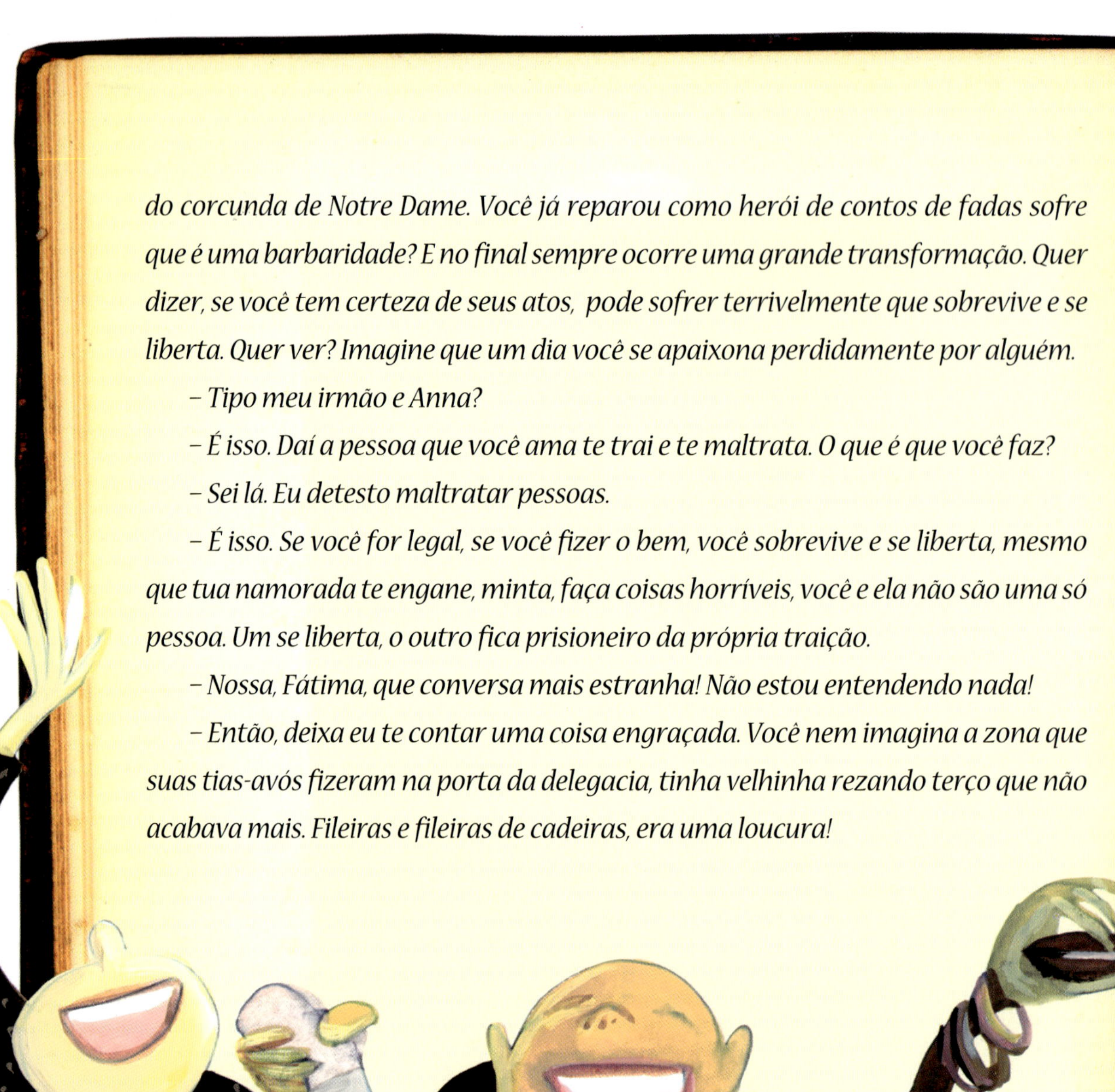

do corcunda de Notre Dame. Você já reparou como herói de contos de fadas sofre que é uma barbaridade? E no final sempre ocorre uma grande transformação. Quer dizer, se você tem certeza de seus atos, pode sofrer terrivelmente que sobrevive e se liberta. Quer ver? Imagine que um dia você se apaixona perdidamente por alguém.

– Tipo meu irmão e Anna?

– É isso. Daí a pessoa que você ama te trai e te maltrata. O que é que você faz?

– Sei lá. Eu detesto maltratar pessoas.

– É isso. Se você for legal, se você fizer o bem, você sobrevive e se liberta, mesmo que tua namorada te engane, minta, faça coisas horríveis, você e ela não são uma só pessoa. Um se liberta, o outro fica prisioneiro da própria traição.

– Nossa, Fátima, que conversa mais estranha! Não estou entendendo nada!

– Então, deixa eu te contar uma coisa engraçada. Você nem imagina a zona que suas tias-avós fizeram na porta da delegacia, tinha velhinha rezando terço que não acabava mais. Fileiras e fileiras de cadeiras, era uma loucura!

– Cara, quando elas rezam aqui em casa, eu fico muito louco!

– E na hora em que fomos libertados, elas fizeram uma festa enorme na sua casa, cozinharam uma paella deliciosa, nem se lembravam mais de rezar, todo mundo dançava, seu tio-avô Francisco tocando violão e sua tia Madalena dançando de roupa preta, castanhola, você tinha que ver, ela dança bem à beça.

– Fátima, você está inventando.

– Verdade verdadeira. Foi aí que eu conheci sua mãe. E até hoje ela é minha melhor amiga.

Sexta-feira ✷ 23 horas

Hoje, na escola, estava a maior confusão: carro de polícia, jornalistas, pais de alunos, professores, todo mundo falando sem parar.

Na hora em que cheguei, encontrei a Anísia. Ela estava rindo.

– *A gangue VG passou por aqui, ontem à noite.*

– *Não acredito!*

– *Quer ver?*

Chego no muro da frente.

Um desenho maravilhoso!

Um pássaro gigante nascendo das cinzas.

Anísia vira pra mim:

– *Você conhece esse pássaro, Mano?*

– *A fênix?*

– *Nascendo das cinzas, muito lindo...*

– *Também acho* – respondi. – *Também acho.*

Depois, na aula da Anísia, virou a maior confusão. Todo mundo falando ao mesmo tempo. Metade da classe achando que grafite é sujeira; a outra, dizendo que o desenho era lindo e que é muito legal grafitar.

Anísia contou pra gente que antigamente, na pré-história, os homens desenhavam nas paredes das cavernas. Depois, na Idade Média, em enormes murais. Quer dizer, essa vontade de sair desenhando por aí existe desde que o mundo é mundo. Ela também nos contou do **Basquiat**, um menino de rua de Nova York que era grafiteiro e se tornou um grande artista.

No meio da conversa, entra o Sombra. Eu odeio o cara. Ele é nojento. Foi amigo do meu irmão Pedro, mas agora, ainda bem, eles brigaram. O Sombra é um mauricinho metido a dark. Roupa velha, sempre preta, mas bem cara, sabe como é? "Papai é rico, eu sou noinha." Se ele entra num lugar é só pra acabar com tudo. Então, ele abriu a porta, deu uma risadinha nojenta e disse assim:

– E aí, Anísia, defendendo a arte dos pobrezinhos? Como é que vai minha tiazinha do Robin Hood?

Cara, não deu. Fui pra cima do sujeito. Ele é bem maior que eu. Me empurrou e bateu a porta na minha cara. Caí no chão. A classe toda levantou. Queriam matar o Sombra. Mas Anísia fez todo mundo ficar bem quieto, sentado. Começou a escrever umas coisas na lousa.

A verdade ganha mais com os erros de alguém que pensa por si, do que com as pessoas que repetem as ideias alheias porque não suportam a atividade de seu próprio pensamento.

A verdadeira liberdade seria não a de poder escolher entre preto e branco, mas a de não precisar fazer semelhante escolha.

Os cínicos que me perdoem, mas coragem é fundamental.

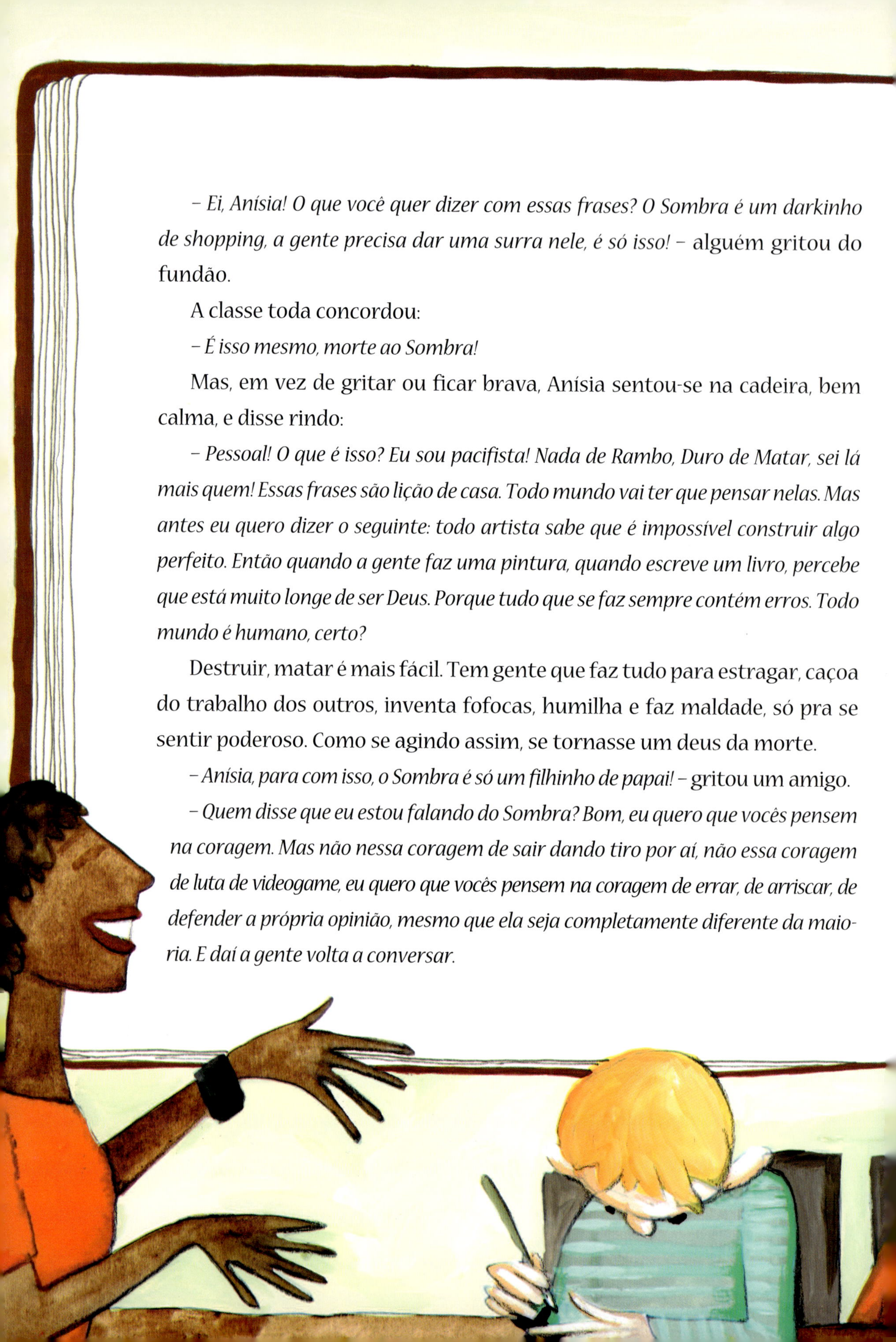

– Ei, Anísia! O que você quer dizer com essas frases? O Sombra é um darkinho de shopping, a gente precisa dar uma surra nele, é só isso! – alguém gritou do fundão.

A classe toda concordou:

– É isso mesmo, morte ao Sombra!

Mas, em vez de gritar ou ficar brava, Anísia sentou-se na cadeira, bem calma, e disse rindo:

– Pessoal! O que é isso? Eu sou pacifista! Nada de Rambo, Duro de Matar, sei lá mais quem! Essas frases são lição de casa. Todo mundo vai ter que pensar nelas. Mas antes eu quero dizer o seguinte: todo artista sabe que é impossível construir algo perfeito. Então quando a gente faz uma pintura, quando escreve um livro, percebe que está muito longe de ser Deus. Porque tudo que se faz sempre contém erros. Todo mundo é humano, certo?

Destruir, matar é mais fácil. Tem gente que faz tudo para estragar, caçoa do trabalho dos outros, inventa fofocas, humilha e faz maldade, só pra se sentir poderoso. Como se agindo assim, se tornasse um deus da morte.

– Anísia, para com isso, o Sombra é só um filhinho de papai! – gritou um amigo.

– Quem disse que eu estou falando do Sombra? Bom, eu quero que vocês pensem na coragem. Mas não nessa coragem de sair dando tiro por aí, não essa coragem de luta de videogame, eu quero que vocês pensem na coragem de errar, de arriscar, de defender a própria opinião, mesmo que ela seja completamente diferente da maioria. E daí a gente volta a conversar.

Sábado ✷ 22 horas

De novo a sensação de ser o último a saber.

Algo de estranho está acontecendo aqui em casa.

Quer dizer, sempre está rolando coisa diferente, por aqui. Mas nunca teve tanto mistério assim.

A Shirley me perguntou com a maior cara de malandra:

– Mano, o que quer dizer VG, você já pensou nisso?

– Sei lá, Shirley, na certa é Vítor Grafiteiro, qualquer coisa do tipo.

– Você acha mesmo?

– Por que não? Você tem outra ideia?

– Quem é que adora Miró aqui em casa?

– Todo mundo, claro.

– Mano, você está por fora mesmo...

– Shirley, me explica tudo.

– Eu não, depois brigam comigo porque eu te conto tudo...

– Pode ir contando, senão quem fica bravo sou eu!

– É que eu não tenho 100% de certeza...

Meu irmão chegou, minha mãe também. A conversa parou por aí, mas a sensação esquisita continuou dentro de mim. Superchato. Pulga coçando muito a minha orelha.

Domingo ✷ 24 horas

Caro diário,

está difícil dormir!

Eu simplesmente tinha que descobrir a verdade. E se alguém sabe de tudo por aqui, essa pessoa é a Shirley. Banquei o espião. Segui a Shirley o tempo todo. Disfarçando, claro. Fingindo que jogava videogame, fazendo palavras cruzadas, lendo gibi, comendo qualquer coisa na cozinha.

E nada. A rotina de sempre.

Então, quando eu já tinha quase desistido, ouvi a voz do meu avô rindo baixinho. Meu avô rindo? Meu avô é a braveza em pessoa...

Bem, outra voz se misturava à dele. Que voz seria? Dona Shirley, claro, a sabe-tudo.

Saí do quarto correndo, abri a porta da área de serviço, peguei os dois no maior flagrante!

Latas e latas de spray colorido espalhadas no chão.

Pra quê?

A campainha tocou.

Todo mundo já estava dormindo.

Quem seria?

Shirley abriu a porta de trás.

Era a Fátima e um cara.

Quando vi os olhos fundos, escuros e sofridos, os cabelos compridos e branquinhos, o corpo magro, eu adivinhei. Era o Lúcio! Só podia ser! Arrisquei dizer assim pra ele:

– *Cara, eu adorei a fênix que você pintou na minha escola!*

– *Hermano, seu neto não nega o sangue, como foi que ele descobriu?*

– *E eu sei, Lúcio?*

– *A Fátima disse que ele leu o diário. Não devia ter lido, é jovem demais, melhor ter ilusões.*

– *É nada, eu gostei. Verdade dói, mas eu prefiro. Gostei de você também, Lúcio. Cara, o seu desenho deu o que falar lá na escola.*

Lúcio sorriu, parecia aliviado.

– *Quer um cafezinho?* – perguntou Shirley.

Foi só quando a gente se sentou na mesa da cozinha que eu me lembrei de perguntar o que eu queria tanto saber. Agora era o fim do mistério. Eles iam ter que me explicar tudo, direitinho.

– *Mas se você se chama Lúcio e meu avô Hermano, por que essa história de gangue VG?*

– *Vai, Lúcio, assina nosso nome completo aí, pro Mano ver.*

Sempre
LONGA VIDA
GRA

endo ARTE!
A OS VOVÔS
TEIROS!

E o resto daquela noite virou uma aventura que eu nunca mais vou esquecer. Cara, agora eu já tenho um passado, tenho um tempo de memória, o dia que eu tiver netos, quem vai ter o que contar sou eu!

Bom, meu avô, o Lúcio, a Shirley, a Fátima e eu descemos pra rua, carregando as latas de spray, todo mundo vestido com roupas escuras porque dá menos visibilidade.

Quando chegamos no muro escolhido, já tinha uma turma enorme à espera da gente. Era o máximo, tinha mano que não acabava mais, garotos bem pobres, cada um ia recebendo sua lata de spray e a cara deles ficava tão feliz que era como se estivessem ganhando um pedaço de ouro puro.

Meu avô era tratado com todo respeito, todo mundo suspirava quando a Fátima passava, parecia um bando de apaixonados, e o Lúcio liderava o pessoal, ia mostrando os pontos de desenho. Eu tinha a impressão de que era tudo combinado. Alguém colocou música baixinho. Os manos começaram a dançar no escuro.

Fizeram um círculo. Lúcio passou no meio de todo mundo. Parou diante do muro. Apanhou o spray. E, num gesto muito rápido, desenhou a pomba da paz. Igualzinho à do Picasso.

Os manos o abraçaram.

Depois cada um foi apanhando seu material e aquilo virou uma grande fábrica de desenhos, era demais!

Eu também ganhei um ponto de trabalho. No começo me deu vergonha. Ali todo mundo era tão fera, eu só sei desenhar no caderno. Mas depois que comecei, que fui pegando o jeito, eu não queria mais parar.

Mas só que não deu.

No auge da festa, no melhor da alegria: sirene de polícia.

Flagrante!

Foi chegando mais carro de polícia que em filme americano.

Eu tenho vergonha de dizer, mas juro que senti um medo danado.

Eles jogaram os faróis na cara da gente, estavam armados.

Meu avô adiantou-se para falar.

Lúcio correu na frente.

O policial nem perguntou nada. Imobilizou o cara na hora.

Os manos foram pra cima do policial.

E os policiais apontaram armas.

Juro que pensei assim: bom, se eu levar um tiro, pelo menos morro numa superaventura, cara.

Foi nessa hora que aconteceu justamente a parte que eu vou sempre contar para os meus netos.

Do fundo da esquina chegou a Anísia.

Ela carregava uma espécie de gaiola, de longe era difícil enxergar.

E atrás dela tinha gente que não acabava mais, o pessoal da escola, a turma do Seu Pipoca, os caras do posto de gasolina, o dono da banca de jornal, os velhinhos todos do bairro, cara, meus colegas de classe, a galera inteira do meu irmão e da Anna, até o Sombra estava lá pra dar uma espiada.

A polícia levou um tempo para abaixar as armas.

Durante alguns minutos o silêncio era tanto que doía.

De um lado os manos, do outro a polícia e, na frente deles, a Anísia e a turma todinha do bairro.

Nisso começa a chegar um monte de carro outra vez.

"Será que vem mais policial ainda?", pensei.

Mas quando consegui ler o que estava escrito nos carros, eu saquei: o pessoal da imprensa, a turma do meu avô.

E foi um tal de bater fotos, de luzes fortes, de gente com filmadora, com gravador atrás dos manos, atrás dos policiais, uma falação que não acabava mais, cara, não dava para acreditar.

Então, a Anísia foi atravessando a rua, chegou do lado do meu avô, me deu um beijo, sorriu para o Lúcio e para a Fátima. Depois abriu a gaiola e soltou três pombas.

Elas foram voando branquinhas, na noite escura, brilhantes sob tanto holofote. De repente, alguém começou a aplaudir. E os aplausos foram tantos que as luzes dos prédios foram se acendendo e mais gente ainda foi chegando.

Cara, não é que entramos todos pra história?

No dia seguinte, nos jornais, na tevê, só dava a mesma notícia:

A COMUNIDADE DA VILA REÚNE-SE PARA CRIAR UM
NOVO ESPAÇO DE EXPRESSÃO ARTÍSTICA.
PROFESSORES, COMERCIANTES, IDOSOS, JOVENS
E INTELECTUAIS UNEM-SE EM MUTIRÕES PARA
COLORIR AS RUAS DA CIDADE!
MAIS UMA VITÓRIA DA LIBERDADE DE EXPRESSÃO!

Referências

Personalidades

Marcel Proust (1871-1922) (p. 8)

Romancista francês, autor de *Em busca do tempo perdido*, obra com nove volumes editada entre 1913 e 1927. São romances muito autobiográficos, em que Proust descreve a vida de um homem e, a partir dela, introduz ideias sobre o tempo e a memória. Fala de uma memória involuntária, que, provocada por um acontecimento sem importância, traz lembranças à tona.

Mahatma Gandhi (1869-1948) (p. 8)

Nascido na Índia, foi líder político e espiritual. Desenvolveu a filosofia da *satyagraha* ("verdade-força"), que significa resistência não violenta ou passiva. Dono de um estilo ponderado, buscava o entendimento, o diálogo e a cooperação para a resolução de conflitos. A resistência passiva seria a maneira de enfrentar os adversários sem violência ou ódio.

Joan Miró (1893-1983) (p. 10)

Artista plástico nascido em Barcelona, Espanha. Sua pintura alegre e bem-humorada tem um estilo inconfundível, com figuras e símbolos que se repetem em vários quadros. Miró abandonou a maneira realista de pintar e explorou um mundo fantástico, afirmando que a arte é comandada pela imaginação.

Pablo Picasso (1881-1973) (p. 10)

Pintor espanhol considerado um dos artistas mais importantes do século XX. Talento precoce e muito versátil, Picasso explorou a pintura, a cenografia, a gravura, a cerâmica e a escultura. Foi um pacifista e defensor da liberdade criativa. No imenso quadro *Guernica*, de 1937, Picasso condena o fascismo e retrata a violência da guerra.

Adolph Hitler (1889-1945) (p. 13)

Ditador, foi líder do Partido Nacional Socialista alemão, de onde provém o termo nazista. Pregava a superioridade da raça ariana, à qual pertenceriam os europeus de raça supostamente pura, sem sangue judeu. Daí nasceu o antissemitismo – ódio ao povo judeu, considerado inferior e perigoso. Ao invadir a Polônia, Hitler desencadeou a Segunda Guerra Mundial. Foi o responsável pela morte de milhões de pessoas entre judeus, ciganos, homossexuais e opositores ao nazismo.

Jean-Paul Sartre (1905-1980) (p. 26)

Filósofo francês, também escreveu romances, contos e peças de teatro. Além de brilhante pensador, foi homem de intensa atuação política. Sua vida, de um compromisso social inegável, reflete suas ideias sobre a responsabilidade do homem pelo que ele é e faz.

Jean-Michel Basquiat (1960-1988) (p. 35)

Basquiat nasceu em Nova York, EUA. Durante sua juventude, despontavam na cidade diversas manifestações culturais de influência latino-americana e africana. Ele iniciou seu trabalho como grafiteiro e sua arte tem como tema principal a cidade, sua diversidade racial e seus conflitos.

Fatos

Guerra Mundial (p. 14)

Conflito armado de proporções globais, em que os países vão estabelecendo alianças e se envolvendo na guerra direta ou indiretamente. A Primeira Guerra Mundial concentrou-se na Europa entre 1914 e 1918, provocando milhões de mortes entre soldados e civis. A Segunda Guerra durou de 1939 a 1945, e causou ainda mais destruição. Os oponentes principais foram, de um lado, Alemanha, Itália e Japão e, de outro, EUA, Inglaterra e a então URSS.

Ditadura (p. 19)

Forma de governo, mantida pela força, em que todos os poderes se concentram nas mãos de um indivíduo, grupo ou partido. O Brasil viveu sob uma ditadura militar de 1964 até 1988, um regime autoritário que contrariou a Constituição, censurou os meios de comunicação e desrespeitou os direitos humanos.

Censura (p. 20)

É o controle exercido pelas autoridades sobre os meios de comunicação e as várias formas de arte, restringindo a liberdade de expressão. Durante o período da ditadura militar, os censores proibiam a divulgação de tudo o que parecesse ser uma crítica ao governo: artigos de jornal, livros, peças teatrais, filmes, músicas.

Anistia (p. 29)

É o perdão geral que o poder público concede a certos atos, em geral políticos, que deixam de ser considerados crimes. No Brasil, a Lei da Anistia foi uma das principais medidas adotadas no período de abertura política, nos últimos anos do regime militar. Aprovada em 28 de agosto de 1979, permitiu a volta dos exilados – pessoas que haviam sido obrigadas a deixar o país – e a libertação de todos os presos políticos.